황홀한 울림

뜨락에 시선 017

황홀한 울림

뜨락에 시선 017

초판 1쇄 인쇄 | 2024년 10월 15일
초판 1쇄 발행 | 2024년 10월 20일

지 은 이 | 신영식
펴 낸 이 | 박가을
펴 낸 곳 | 도서출판 뜨락에
표지그림 | 신영식
편집주간 | 윤금아
편   집 | 세종 P&P
등록번호 | 제2015-000075호
등록일자 | 2015년 9월 3일
주   소 | 경기도 안산시 상록구 학사1길 4-1
전   화 | 031-223-1880
전자우편 | Kwang6112@naver.com

ISBN 979-11-88839-30-8(03800)

값 12,000원

황홀한 울림

신영식 시집

결혼을 하고 아기자기 꽃밭을 만들었습니다.

꽃과 나비가 찾아왔고 바람 따라 구름 따라 편안하게 삶의 쉰 해를 보냈습니다. 그러던 어느 날 기적같이 찾아든 인연.

가랑비에도 옷은 젖는다 했지요. 그렇게 내 삶의 터닝 포인트가 되어 주고 버팀목이 되어준 윤금아 선생님을 만났습니다. 고목나무에 솜사탕처럼 커다란 웃음꽃을 피우게 해주셨습니다.

아직도 서툴고 부족하지만 정자에 앉아 서투른 시어를 꺾어다 꽃의 침봉에 꽂아보고, 투박하고 모난 조약돌이라도 반짝이는 별처럼 알알이 익어가게 만들어 준 하늘이 맺어준 시인이라는 또 다른 이름.

세월의 흔적은 지울 수 없지만 마음만큼은 늙지 말자며 든든한 남편이 건네는 빨간 꽃잎 하나. 이 모두는 내 삶의 아름다운 저녁노을 붉은 햇살 속에 젖어드는 황홀한 선물입니다.

끝으로 시집을 낼 수 있도록 용기를 주시고 이끌어주신 윤금아 선생님과 지도해주신 박가을 선생님께 진심으로 감사드립니다.

2024. 10.
신영식

■ 차 례

1부 동화 속 주인공

2부 엄마 손은 약손

3부 황홀한 울림

4부 인연의 계절

5부 행복한 텃밭

해설

1부

동화 속 주인공

둘이 가는 길

산모퉁이 돌아 두 손을 꼭 잡고
걷는 길은 아름다운 꽃길입니다
뭇 세월 동안
늘 곁에서 버팀목이 되어준 그대여

젊은 청춘 앞만 보고 불태웠던 추억도
어느덧 울창했던 나무도 고목으로 변해가고
아직도 나뭇가지는 날 붙들고 놓아주지 않는다

지는 노을 속 빛바랜 세월
이제 아무 걱정도 없이
내 사랑하는 그대와 가벼운 마음으로
웃는 모습만 남기고 싶습니다

갓 바위

팔공산 갓바위 바라보며
한없이 숙연한 마음
염원을 빌어본다

오르는 사람들
삼삼오오 손을 잡고
이야기꽃을 피우고 있다

묵직한 목탁 소리의 울림
심연까지 울려 퍼진다
그만
숨이 차서 계단에 앉아 버렸다

갓바위로 갈 수가 없어
두 손만 모으며
마음만 올라갑니다

아,
갓바위 바라보니
한결 마음도 발걸음도 가벼워라

노을빛

당신의 발걸음이 참 아름답습니다
노을 지는 언덕 위에 꽃구름 담아
황금빛을 바라보니
당신의 뒷모습을 닮았습니다

달은 차면 기운다고 했던가
가을 속에 무르익어 오름처럼
가을에 흠뻑 취해서
인생길 우아하게 만들고 싶습니다

지금도 바라보면
아름다운 시간 놓치고 싶지 않아
가슴속에 설레는 가을 녘
노을빛에 곱게 물들고 싶습니다

월악산

넓은 품속은
계곡 바람을 먹고 태어났네
향기 속에 싱그러움 퍼져 나갈 때
동강 물결 진녹색은 가슴을 울리네

풍각쟁이 품속에서 놀던 곳
호수는 온 산을 삼키고 토해내듯이
굽이굽이 산자락 감싸고 있네

이끼 낀 외로운 나무 품을 내어주니
칡넝쿨 감싸 안고 사랑 나누며
산허리 새색시 가슴 설레게 하네

강바람

시원한 강바람에 등 떠밀리어
아쉬움 속에 행복 찾아 떠나네

오색빛 무지개 일렁거릴 때
아름다운 동강 그리움 속에
호젓한 돛단배 사랑 건지려나

수줍은 꽃잎만 하늘거릴 즈음
잔잔한 물결 위로
강바람에 실려 사랑 전해주고 있네

무지개 향기

기다려지는 벗 떠올리며
둔해진 머릿속 청소한다

배움의 열망 예쁜 꽃병 만들어
무지개 향기 담다 그림 그리면
떨림 속에 헉헉거리는 목요일

물결 속에 가슴 일렁이는
설익은 참외처럼 풋풋한 사랑은
웃는 얼굴이다

인생의 한 자락 고마움 마주보며
멋진 색깔 담은 훈훈한 숨결들
축복의 빛 찾아가는 여정이어라
해맑은 미소가 정겹게 넘친다

취나물 순

앞뜰 정원에 놓인 고무자박이 안에
작년에 이사 온 취나물 순
도도하게 터 잡더니
우뚝 솟아 키 자랑하고 있다

가련한 얼굴 사랑받고 싶어
뙤약볕에 몸을 맡기고
샤워하며 힘든 싸움을 하고 있다

방울방울 맺힌 꽃망울
입 꼬옥 다문 채
눈물 흘리며 진통 속 기다림
가슴이 시리도록 아파온다

한 송이 꽃을 피우기 참 힘드네요

무더운 싸움 속에 울음 터트리고
어여쁜 새색시 실눈처럼 하얀 꽃잎은
아픈 만큼 활짝 웃는 향기 불꽃같아라

가을을 품다

여름내 몸살을 앓던 계곡도 잠들고
침묵의 기다림으로 서로 배려하며
정겨운 이야기 나누고 있다

어느덧 이글거리던 불덩이도
드높은 파란 가을하늘도
흰 구름도 춤을 춘다

황금물결 들녘 농부의 구슬땀은
웃음꽃을 띄우고 있다
푸르던 나뭇잎 짙은 향기
꽃단장하며 가을 노래 한창이다
자연을 바라보는 순간
내 마음이 부끄럽게 화끈거렸다

신동엽 시비 앞에서

길을 걷다 우연히 만난 것처럼
그렇게 지난 시간도
내 사랑 지니고 떠난 시간도
당신 앉은 자리 참 아름답습니다

연분홍 꽃잎 떨어져
열매를 맺고 섬세한 몸짓으로
세상을 노래하듯이

꽃다운 가을 향기
숨결 속에 잠든 청춘이여
달빛에 매달릴 그 시심을
내 가슴 안에 고이 간직하렵니다

나이를 먹는다는 것은

나이를 먹는다는 것은
한 줌쯤 더 걸어가는 흔적이다
그 소리는
사랑으로 잘 익어가고 있다는 증거다

나이를 먹는다는 것은
인생을 맛보며 노래하듯
행복을 즐기는 것이다
슬픔도 이겨내는 꽃 같은 선물이다

인생은 잠시 놀다 떠나는 것
후회 없이 아름답게 가꾸어 보리라

봄을 품다

봄을 품은 노란모자 민들레여
어여쁘게 웃는 얼굴
파란 옷 입고 눈짓하며 유혹하니
벌과 나비가 춤을 춘다

눈웃음으로 인사 나누며
달콤한 햇볕 쬐고
그 사랑에 취해
봄을 덥석 안아보니 시간가는 줄 모르겠다

동화 속 주인공

오늘 희망의 꽃 한아름 안고
길을 나섭니다
봄바람 따라 짙어진 연녹색
그 길을 사뿐사뿐 걷습니다

나는 동화 속 주인공
한 송이 장미꽃이 되어
곱게 물들어가고 있습니다

꽃잎마다 붉은 얼굴
그 시절이 생각나
시방
나는 내일을 걸어가는 아름다운 꽃

권고사직 없는 여자

오늘도 어김없이 찾아온 일상
내 삶은 끼니마다 불꽃을 태우고 있다

평생토록 버릴 수 없는
기쁨과 행복의 터널
반복되는 내 삶의 여정이다

가끔은 사직서를 내고 싶지만
바람에 날려버리고
쓸쓸한 미소를 삼킨다

뭇 세월이 흘렀지만
나는 권고사직 없는 여인이다

기차여행

밤 열차에 몸을 맡기고
설레는 마음으로 몸을 실었다
차창 넘어 가로등 줄을 세우고
적막한 들판은 꼬리를 물고 달리고 있다

겹겹이 쌓인 객석
익숙한 형상들
껌뻑거리는 눈꺼풀이 애처롭기만 하다

전주로 떠나는 기차는
촉촉한 아침 이슬만
스산한 바람도 어깨 위로 스쳐 간다

빛바랜 사진

어느 날 문득 추억을 더듬으며
책갈피에 잠자던 빛바랜 사진 한 장
그 시절을 잊은 채
지나온 수 세월 가슴이 떨려왔다

배려 많았던 순박한 그녀
인생길 그녀의 그림자 눈물이 울컥 목이 메인다
눈물방울 뚝뚝 사진 속 얼굴에 부딪힌다
긴 세월 필름 속에 담긴 채로
밤하늘 달님에게 편지를 띄워 보낸다
보고 싶다며

2부

엄마 손은 약손

태양은 빛처럼

뜨거운 태양 볕에 묵묵히 서로를 바라보는
은행나무의 애절함처럼
세월 속에서 홀쭉해진 네 모습이 안타깝다

삶의 무게 짊어진 채 답답한 숙제 안고
뒤돌아 가는 두 어깨 위로 눈물 감추네

아들아!
험난한 삶 묵묵하게 걸어 가렴아
내 심장이 멈출 때까지
찬란한 너의 인생 꽃밭 걸을 때까지
어미는 간절한 마음으로 두 손 꼭 잡아주련다

낯선 정거장

푸른 청춘도 흘러가
연착한 황혼 길은
녹슨 철길 위에 낯선 정거장이다

지난 세월 날려버리려
집 떠난 들꽃을 찾아 나선다

잊혀져버린 기억 비밀번호 찾아 헤매다
금고 속에 숨겨둔 향수를 꺼내 든다

백지 위에 아름답게 수놓은
꽃 잎 날리는 날
그날의 청춘 내 마음도 물들어 간다

밥상이 그립다

겨울을 몰고 온 첫눈
소리 없이 찾아오던 날
엄마의 손맛이 담긴 동치미가 먹고 싶다

별이 된 아들 그리워
놋주걱 반달 되도록 아파했던
어머니의 먹먹한 가슴은
부뚜막에 앉아 눈물 흘리셨다

석탄 백탄 노랫가락은 가슴에 연기만 가득
어머니의 한숨, 땅이 꺼지도록 부르던 노래
얼마나 아팠을까
아, 가슴이 절여옵니다

풀잎 이슬처럼

모임이 있던 날 창문을 열고
첫발을 딛던 순간
설레는 마음 붙잡아 본다

친구 따라나섰던 길
길 위 가로수가 줄을 세우고
연녹색 이파리 가슴에 물들어간다
시냇가 흐르는 속삭임도 우리를 반긴다

풀잎 이슬처럼 촉촉하지 않아도
사람 냄새가 물씬 풍기는 그녀들
덜 익은 풋풋한 풋사과를 닮았다

나보다 더 젊은 친구가
오랜 시간 같이 했던 것처럼 두 눈으로 반겨주었다
뒤늦은 인연이라 더 소중한 우리만의 시간이다

그대 뒷모습

이른 새벽 창문을 열면
실눈 뜨고 바라본 달빛
외로이 서서 드려다 본다

찬 이슬 밟으며
집을 나서는 그 사람
적막을 두드리며 걷는 소리
저 멀리 사라져 간다

한 길만 걸어왔던 그
붉게 타오르던 여운도
황금빛 여명 짙게 물들면
새벽안개
어깨 위로 보석처럼 내려앉는다

소리 없이 흐르는 시간

커튼 사이로 한 줄기 고독이 서성이고 있다
천장에 걸린 시 한 조각 떼어 읊으며
적막한 어둠 속에 한 여인이 흐느끼고 있다

지난 세월 고목처럼 매달렸던 추억
한 송이 꽃잎은 마지막 잎새처럼
흔들리는 추임새

아름다운 흔적만큼 두려움에 떨고 있는 삶은
달콤하고 짭짤한 낮은 언덕길을 걷고 있다

수안보 여행길에서

겹겹이 두른 짙푸른 산등성이
개천을 가로질러 은빛 물결 출렁이네

긴 세월 발걸음도 굳은살이 깊이 잠들고
묵묵히 지켜준 흔적들
아린 가슴 껴안고 쓰다듬어 본다

어둠이 내려앉은 깊은 밤
뒤척임도 안쓰러워 숨죽이며 몰래 본 얼굴

풋풋했던 그 시절
그 모습 거슬러 올려다본다
안쓰럽다

엄마 손은 약손

거칠어진 손마디는 세월을 이겨낸 흔적입니다
배앓이를 유독 많이 했던 어린 시절
스르륵 쓸어내려 가며 엄마 손은 약속
엄마 품에 안겨 배 주물러 주시던 엄마의 노래

그리워, 그리워서 불러 봅니다
엄마,
부르면 금방이라도
얘야, 따뜻한 아랫목에 배 깔고 있으렴 하시던
그 정겨운 목소리가 문고리에 걸려 있는듯합니다

아,
당신이 떠나신 뒷자리
다시 뵐 수가 없어
손 흔들던 그 모습에 눈시울 젖어 듭니다

인간극장

밭고랑처럼 깊게 패인 노을진 미소
낙타 등처럼 휘어진 허리도
빛나던 청춘은 삶의 흔적이다
거친 파도에 흘러간 시간이 애절하다

청춘 그 시절
뒤돌아볼 시간도 없이
치매를 앓고 있는 한 노인
순박한 미소가 아름다운 할미꽃 되었다

뒤늦게 철든 남편
눈물 훔치며 후회한들
돌아오지 않는 세월
붉은 노을만 애처롭게 바라본다

세월의 흔적

새벽 창문을 여니 기다렸던
가을비가 살포시 내려앉는다

분주했던 일상
홀로 앉아 차 한 잔을 마시며
잠시 시름을 내려놓는다
홀연히 나뭇잎 하나 툭 하고 떨어진다

세월의 흔적
거울 속 나를 보는 순간
씁쓸한 미소가
눈가에 촉촉한 이슬 옷깃을 적신다
가을비는 주책없이 내리고
차가운 갈바람은 가슴 깊숙이 흔든다

추석

오곡이 무르익어 햇곡식 과일
조상님께 먼저 예를 올렸다
명절은 가족이 만나고 헤어지는 즐거움도
시끌벅적 전쟁을 벌이는 분주함도
살얼음 내딛는 억압된 발자국 같다

한 송이 꽃처럼 외로이 서성이는 자존심
노송의 잎 사이로 붉은 잎새 하나
바람에 나부끼며 울고 웃는 인생이여

솔바람처럼 살다 보니
언젠가 소나무처럼 푸른 잎이 피고
원망의 불씨도 하얀 재가 되었나니
맏며느리의 일생
훗날 연기처럼 홀연히 날아가겠지

나른한 오후

내 마음
햇빛 깃든 빨랫줄에 널어놓았다
호흡을 가다듬고 허우적거리던 오후

분내 풍기는 향긋한 숨결
바람이 놓고 간 흩어진 시간이다

치열했던 시간
삶의 흔적은 사그라지고
밝은 햇살에 내 가슴도 부서지고 있다

인생길

인생길 내 뜻대로 살 수는 없지만
걸어온 지난 수많은 흔적
한 장 남은 달력도
가벼운 듯 파르르 떨고 있다

아쉬워서 슬퍼하는 너의 모습
내가 걸어왔던 길이기에
저만치 서성이며 옷깃 여미고 있다

두 어깨 위로 스치는 싸늘한 바람
무거운 몸짓만큼이나 황혼 길은
서산에 붉은 노을처럼 저물어 가고 있다

영흥도

비에 젖은 태양도 배고픈 달도
하얀 구름은 우산처럼 갯벌에 펼쳐지고 있다
바닷길 에메랄드빛 꽃을 피우며
밀려오는 파도는 내 마음과 같다

불판 위 널브러진 홍합
크게 입을 벌리고 인사를 한다
젓가락 장단 맞춰
입안에 넣는 순간
바다향기 춤을 추고 있다

저 많은 사람들 꽃게처럼
붉게 물들어 입 안 가득
행복한 영흥도의 가을을 즐긴다

건조대에 걸린 구슬

밤새 내린 빗방울
건조대에 대롱대롱 옥구슬처럼
매달려 줄을 섰다

흔들리는 바람에 떨어질까 그만
건조대 붙들고
힘겨운 싸움을 하고 있다

빗방울 햇살에 비추니
무지개가 피고
웃음꽃이 핀다
화들짝
내 마음도 핀다

3부

황홀한 울림

카네이션

파란 하늘 오월 맥박 소리 요란하다
빨갛게 물든 카네이션
작은 손으로 가슴에 달아준다

오십 앞을 두고 있는 딸이
작은 훈장을 내밀었다
한평생 가족을 위해 헌신하며
그저 앞만 보고 살아오신 부모님
큰 사랑 아낌없는 희생에 감사합니다

받는 순간 가슴이 뭉클해지고 코끝이 찡하다
곱게 키운 딸자식
열 아들 부럽지 않다 큰소리치시던
엄마의 목소리가 귓전에 울리는 듯하다

저녁밥상

쌀쌀한 늦가을 붉은 노을 저물어 간다
'할머니 콩나물밥' 아현이가 정겹게 말을 건넨다

콩나물에 양념간장이 만나 춤을 출 때
은은한 향기는 입속으로 여행을 떠난다

달그락달그락 맞부딪치는 장단
숟가락이 아름다운 운율을 더해주고 있다

아,
손녀의 사랑
이 기쁨을 언제까지 느낄 수 있을까

호박꽂이

겨울에 접어든 골목길에
가을 들판은 햇살 듬뿍 품고
노랗게 물든 호박을 달팽이처럼 오려서
빨랫줄에 걸어놓고 몸을 말린다

동네아낙들 소담소담 이야기 꽃피는 앞마당
이 시간만큼은 향기롭도다

정오의 종소리 청국장 끓을 때
누런 호박 듬성듬성 넣고
갖은양념에 버무려져 춤추는 두부
그 맛은 화롯불에 끓여주던
엄마의 손맛이다

변해가는 여인

칼바람이 매섭게 불던 동짓달
전화벨이 요란하게 귓전에 울린다
가냘픈 목소리 일주일에 한 번씩
웃으며 흥을 돋우던 여인
그 한마디가
칼바람보다 더 옷깃으로 파고든다

긴 세월 한순간의 선물도
모두 물거품으로 되었다

팔십이라는 숫자에 억압된 자그마한 체구
해 맑은 미소를 닮고 싶은 만큼
순백의 여인이다

나이가 들면 마음도 메말라 가는 것인지?
그 수많고 소중했던 시간들
어찌 안타깝고 서글퍼서
봄물처럼 흘러내리는 눈물을 주체할 수 없다

대도사

신선한 바람 한 줄기 햇살 밟으며
연녹색 우거진 풀잎 하늘거리던
산사 가는 길은 작고 아늑했다

먼 길 마다하지 않고 동행한
구부러진 육체 감당하기도 버거운
백발의 노인
향 올리고 두 손 모아 염원을 올린다

오색물감에 감춰진 화려한 그릇들
한가롭게 이야기 꽃피울 때
풍경소리 청아하게 울려 퍼지니
아름다운 운율 가슴속 파고 들어와 울고 있네

거울 앞에서

거울 앞에
단아했던 그녀
맑고 깨끗했던 모습
다 어디로 사라졌을까?

세월 앞에
가는 기타 줄만 생겼다
여인으로 살아온 흔적만
여기저기 아우성치고 있다

아스라이 떠오르는 추억
풋풋했던 젊음
행복했던 시간
모두 다 사랑이더라

거울 속에 그 여인을
한참 바라보며
사랑한다, 사랑한다
웃음으로 가득 채우고
행복과 마주했다

나무에 꽃을 피우고 싶다

인생 열차 연착도 없이 굽이굽이 돌다 보니
새털 같은 지난 세월 바람에 실려 보내고
또 하나의 나를 찾아 길을 나섭니다

보석 같은 남은 시간 잘 다듬어 보리라
다짐하며 나섰던 길

하이얀 천위에 한 폭 수채화처럼
내 몸에 꼭 맞는 옷을 골라서
나뭇가지마다 아름다운 詩꽃을 피우고 싶다

기다리지 않아도

제멋대로 왔다가 울고 떠난 가련한 너
찬바람은 숨었다 소리 없이 찾아와
가슴 뜨겁게 불태우는 첫눈이 반갑다

시린 세월 달래며 소복이 내려앉은 흰 눈
굴리고 굴려서 눈썹도 그리고 수염도 달아주니
흘러간 어린 시절 추억 되살아난다

외로운 어미 새 젊은 미소는 돌아올 수 없기에
이렇게 흰 눈 펑펑 내리는 날이면
엄마를 닮아가는 시간이다

파란얼굴에 회색물감

창문 열고 하늘을 바라보니
잔뜩 찌푸린 얼굴이
글쎄 시어머니를 닮았다
울컥 어딘가 떠나고픈 하루다
문득 머릿속이 복잡하다

차라리 봄비라도 촉촉이 내렸으면
우산을 쓰고 거릴 걷고 싶은데
한 줌씩 내려앉은 빗줄기가 그립다

외롭고 서럽던 그날의 봄
풀잎 향기 찾아 헤맬 때
경이롭게 만든 보석 같은 별빛도
텅 빈 사진 한 장 추억 속에 잠이 들었다

우산 끝에 매달려 떨어지는
빗물인가 눈물인가
파란 봄은 쓸쓸하다

황홀한 울림

첫날이다
홍당무처럼 붉게 달아올랐던 얼굴
그날 첫 수업

쿵쿵, 요동치던 울림은
무엇을 어떻게 잡을까?
문 뒤에 쭈뼛거리며 서성거렸다

귓가에 속삭이던 떨림의 음성
할 수 있다고

입으로 말하고 귀로 들어봐
동.화.구.연
거울 속에 또렷한 여자
당당하게 나아가자
또 다른 꿈을 찾아 걸어가는 거야

목각 백조

겹겹이 덮던 홑이불 감싸 안고 누운 호수
허허로이 백조는 겨울바람에 묶여
행복했던 사랑 슬픔에 잠겨 먼 산만 바라보고 있다

호숫가를 놀던 물고기 기다리며
버거웠던 사랑 노래 산허리에 매달린 채
허둥거리고 있다

흰 조각 빛에 빠져든 찻집
찻잔 속에 추억만 가슴 깊숙이 파고들고
창가에 걸린 햇살 정겨운 노을 속에 물들어간다

천장을 보며

지루한 일상은 말없이
바람 따라 흘러간 인생길
긴 여정이다

아늑한 온돌방 자리 잡고 누운 잠자리
백열등 올려다보니
문득 유치원서 전래동화 들려주던
천진난만한 아이들 얼굴이 궁금하다

초롱초롱 빛나던 눈동자
고사리 손 흔들려 활짝 미소 짓던 모습이 그립다
나에게 행복을 주었던 첫 수업
이젠 가슴에 고이 간직하고 단잠을 청해 본다

열대어

어항 속 물고기
따뜻한 나라에서 살던 열대어다
앙증맞은 몸매 하늘거리며
친구들과 술래잡기 한다

해초류 이끼를 뜯어 먹으며
점 하나 입으로 콕 오물오물
번뜩이는 눈빛 나를 보고 말을 건넨다

면사포 두른 아기물고기
빨간 전등 아래 뱃속 안이 훤히 보인다
춤을 추듯 보글보글 산소 방울
소중한 생명의 호흡이다

새로운 길

아침 햇살 받으며
거울 앞에 서서 단장을 합니다

두려움과 설렘 가득 안고
길을 나섭니다

옷매무새 여미며
두근거리는 마음
희망의 문을 열고 날개 펼쳐봅니다

봄바람 등에 업고
저 푸른 하늘 향해
지난 시간을 돌아보며
다시 새로운 길을 찾아 달려갑니다

만리포 해수욕장

아침 햇살은 무지갯빛으로 성광 떠 있다
겨울바람 끌어안고 만리포 앞바다
수평선 너머로 파도가 일렁이며
내 마음마저 넓어진다

모래알갱이는 갠즈스강을 연상케 한다
곱고 고운 입자 위에 복을 새겨 놓았다
한발 한발 내딛는 발자국마다
새해 소원을 빌며 걸어가 본다

파도가 밀려와 내 흔적을 쓸어 묻고
부서진 하얀 물거품은 알고 있는지
자꾸만 그려놓고 사라져 버렸다

4부

인연의 계절

열두 장의 달력

무겁던 열두 장 달력이
툭툭 떨어져
추억은 눈물방울로 아쉬움만 가득하다

새해 첫날 손 내밀며 서성이는
용맹스럽고 힘찬 울림은
줄무늬만큼이나 깊은 밭고랑의 흔적이다

이 풍진 세상 다시 새로운 꿈을 가꾸며
사실적인 표현과 묘사로
올 한해도 시어 한 편 건져 올려야겠다

꽃다운 청춘이여

햇살처럼 내게 내려온
꽃다운 청춘
소리 없이 사라진 세월
보석함 속에 곱게 접어 넣어뒀다

추억은 제각각 다른 모형들
일곱 색깔 무지개를 만들며
보랏빛 첫사랑 해바라기꽃 피운다

일곱 식구 둘러 앉은 꽃자리
할미꽃 호박꽃 잘 어우러져
함박꽃 화들짝 퍼져만 간다

버려진 껌

햇살 내리쬐는 오후
일상처럼 한의원 가는 길
오늘따라 눈살 찌푸리게 만든
씹다 버린 껌

많은 사람이 그랬을 것이다
얼룩진 보도블록 밟으며

도시의 길 흉물로 변해간다
나를 돌아보는 시간이었다

노신사

우연히 길을 가다 한 남정네를 보았습니다
헌칠한 키 구부정하게 퇴색된 몸체
코트를 걸친 뒷모습 반백의 노인이었습니다

젊었을 때는 높은 자리에서 큰소리치며
살았다는 노인
전봇대에 기대어 먹다 버린 소주병 하나
두리번거리며 소중한 백 원 집어 듭니다

젊어서는 거들떠보지 않았을 시간들
세월이 만든 가슴 저린 노인입니다
아, 지나치는 나의 마음은 쓴 미소로
무거운 발걸음입니다

경포대의 새해

한 해를 마무리하자며
들뜬 마음으로 떠난 여행
경포대로 향하는 일곱 가족이 정겹다

호수와 바다가 보이는 곳
이른 아침 일출은 유난히 아름답다

해수욕장 모래알 겹겹이 밟은 발자국
어떤 추억들로 잠들어 있을까

어둠 속에 바라본 하얀 물거품
명주 치마가 펄럭이는 것 같다
철썩이는 소리 폭죽 터지는 소리
하늘에 불꽃을 피우고
설레는 새해를 맞이하는 행복한 울림이다

코스모스 길

아침 햇살 등에 짊어지고 길을 나선다
들녘에는 황금물결 출렁이고 있다

흐드러진 길목마다
코스모스 한들한들 춤을 추며
가냘픈 몸매로
꽃향기 바람에 실어 보낸다

해 맑은 미소 입맞춤도
꽃다운 추억
소리 없이 사라지는 발자국만
노을 진 골목길로 저만치 떠나가고 있다

낙엽을 밟으며

오색으로 갈아입은 저 높고 낮은 산자락
싸늘한 바람 옷깃 여미며 흘러가고
저 구름을 내 가슴에 품고 살았네

풋풋했던 시절 곱씹으며 걷는 길
휘날리는 낙엽 위에 깊이 새겨진 노래
아스라이 사라지는 울림이어라

황혼에 물들어 홀로 서성이며
나뭇가지에 매달린 가을향기
그날처럼 가을을 물신 품고 걸어간다

아름다운 여인들이여

살랑 봄바람이 불어온다
시와 동화반 첫 인연들과
신선한 공기를 마셔본다

담담한 눈빛 순수하고 해맑은 미소
봉숭아꽃잎처럼 빨갛게 물들여준 가슴
설렘으로 가득한 아름다운 여인들

넓은 들판에 잘 익어가는 곡식처럼
한 톨 한 톨 여물어 결실 맺을 즈음
아름다운 여인들이여
보석 같은 인연이었으면 좋겠다

간절한 사랑

어린 가슴에 빨간 장미가
만발한 사랑 초롱초롱한 눈빛

까맣게 반짝이는 눈동자 좋은 일만 생길 겁니다
왠지 모르게 좋은 일이 자꾸 생각납니다

해맑은 얼굴에 웃음 짓고 있는 아이들
해맑은 미소가
자꾸 보고 싶습니다

동화를 읽어주는 선생님이 되어
내 진심을 아이들에게
사랑하는 마음으로
내 마음을 가득 넣어 주고 싶습니다

인연의 계절

삼월이었다
그 사람과 인연을 맺어
검푸른 거친 파도 일렁이던 세월
이제 잔잔한 호수에 백조 두 마리 노닌다

꽃향기 맡으며 성장한 삼 남매
소리 없이 젖어 든 향기로움이다
가슴이 벅차오른다

저물어 가는 인생길
둘이 두 손 꼭 잡고
활짝 핀 백합처럼 순백한 미소를 지어본다

50주년

꽃향기 날리며 달렸던 여행길
가슴 설레고 황홀했던 시간이다
돈 아끼려 하룻밤만 지내고 돌아왔던
그 지난 세월 돌이켜 보면서
서로의 얼굴을 바라보며 미소 짓는다

결혼 50주년
고급스런 호텔에서 들린 한마디
긴 세월 고생 많으셨다고-
그만, 내 마음이 울컥해졌다

인생이란 곱게 가꿔놓은 정원이다
솔바람 구름 타고 조금씩 사라지는데
우리 사랑만은 황홀한 세월 따라
예쁜 노을처럼 물들어가고 있네요

악보는 향기를 타고

초록빛 꽃잎 피어오르던 봄날
우연한 만남으로 하루하루를 빼곡히
콩나물 줄을 세우고 꼬물꼬물 음률 속
악보를 보던 그날만 기다려진다

아침 햇살 고운 향기 따라
고운 사랑이 속삭이는 별의 조각
아, 즐거워라
아, 사랑이어라
행복한 멜로디 마음을 실어
팅가팅가 소리 높여 노래를 부른다

그런 날이 올까요

바람에 나부끼는 찬란한 그 빛
아름다운 사랑으로 사뿐히 오던 그대여
내 심장을 훔쳐 가 버렸습니다

오늘도 밤하늘 우주만큼이나
쓰라린 가슴 아파했던 날
꿈같은 세월은
흐르면 흐를수록 외로움만 가득합니다

긴긴밤 수많은 별은 빛나지만
찾을 수 없는 그대여
이 순간이 지나면 볼 수 있을까요

설렘 속에 추억만
주마등처럼 연기되어 사라져 가네요

애끓는 소리

애절한 봄의 계절
굴곡진 삶의 한 페이지를 펴본다
울긋불긋 색칠해 놓았던 지난날
연둣빛 색깔을 부드럽게 덧칠하며
애절하게 통곡하던 3월 1일

이 조국 되찾고 싶어 가슴이 무너지는 아픔
참고 참아내며
혼신을 다해 이 나라를 후손들에게 물려주었다

잠에서 깨어난 나뭇잎처럼 파릇파릇 피어난 간절한
마음
태극기를 가슴 안에 꼭꼭 숨겨두고
혼미해진 정심으로 항해를 하며 파도치는 가슴을
부여잡았다

대한민국이여 일어나라
대한독립 만만세!
붉은 수혈 다시 태어나면 좋으련만
긴 한숨 속에 애절함만 아우성치고 있다

찾았다, 봄

봄비가 내리던 날
몸을 뒤척이며 걷던 길목
향긋한 내음 짙게 물들어 가고 있다
연둣빛 잎새 늘어진 물향기 수목원
숲속에 모여 장기자랑 하고 있다

땅바닥에 딱 붙어 소곤거리던
애기똥풀 노오란 미소가
바람에 한들거리며 손짓한다

이름 모를 꽃들이 흐드러지게 피어났고
초록 잎도 피어나 오물거리는 봄봄
나뭇가지마다 아름다운 봄 오는 소리
아 설레는 가슴이어라

아름다운 동행

이슬처럼 영롱한 눈빛으로
서로 다른 삶의 이야기가
함께 어우러져 꽃향기로 피었다

햇살에 얇게 물들면
환한 웃음 속에
찬란한 무지갯빛 피어난다

아름답게 핀 노을빛
시린 가슴 녹여주며
서로를 토닥이며 걸어가는 동행

삐걱이 의자

지천으로 깔린 제비꽃, 민들레
햇살이 곱게 뿌려 놓았다
마치 곱디고운 그녀를 닮은 꽃들이다

켜켜이 생명이 박힌 솔방울 하나
삐걱거리며
허름한 의자에 턱하고 앉아 있다

세월을 이겨낸 그녀의 향기를 느끼며
혼잣말로 뻔한 인사를 건넨다
고맙다
얼마나 더 기다려야
둘이 밥을 먹을 수 있는지 가슴이 시려온다

5부

행복한 텃밭

삶은 전쟁터

척박한 길 숲속은 개미들의 놀이터다
촉을 세우며 땀을 흘리며
고개를 까딱거리며 아우성치고 있다

끈질긴 계집아이
두 눈을 크게 뜨고
성난 목소리 경쟁하는 삶의 터전이다

세월을 이겨낸 노송처럼
뼈마디가 둥그러진 가련한 몸매는
그 순간마다 자랑스럽기만 하다

까치다리

신선한 바람을 몰고 와
나의 옷깃에 머물고 있다

상쾌한 아침은 기분 좋다
첫사랑 만난 듯
웃음이 방실거리는 시간이다

견우와 직녀가 만나는 칠석
까치가 다리를 놓다 머리 벗어졌다했던가
갑자기 둥근 달이 흐려진 얼굴
눈가에 그만 눈물이 뚝뚝 흘러내린다

일 년에 한 번 만나니 얼마나 애간장이 타들어 갈까
까치야 까치야

또 다른 나

세월은 덧없이 흐르고
내 인생도
구름 따라 흘러 떠나가고 있다

내 삶은 어디로 가고 있을까
아련한 추억 하나 꺼내어 보니
거울 속에 알 수 없는 주름진 여인 뿐

가련하고 초라한 피부
세월을 탓하며 흐느적거리며 춤을 춘다
가슴 속에 파고든 아쉬움만 뒤로한 채
먼 하늘 창 너머 별빛만 바라본다

노치원에서

합창 봉사 가던 날
억수 비가 쏟아졌다

노인병 치매
그 누구도 비껴갈 수 없는 세월
저 노인들에게 벗이 되어 있다
외로운 싸움을 하는 그들과 만났다
가슴이 먹먹해진다

사랑 없이 할 수 없는 일
묵묵히 감당하는 천사들이
참으로 존경스럽다

합창을 마치고
나는 동화구연과 손유희를 입이 마르도록 했다
보람 있었던 한때의 시간이었다

길목에 서서

상쾌함이 가슴 안으로 안기었다
붉게 물든 태양도
노을처럼 식어가는 나의 길목이다

행여 안 올까 봐
길목에 서서
애태우며 기다리던 향기로운 사람

활짝 핀 수선화
처음 본 것처럼
이슬방울 맺혀 반가운
그가 지금 내 곁에 있다

초대받은 밥상

요즘은 식당에서 먹는 것이 좋다며
집으로 초대하는 일이 사라진지 오래다

햇살이 나를 반기듯 시골 밥상 정겹다
뽕나무잎 무침은 처음 맛보는 식감
살랑이는 봄바람이 입안에서 춤을 춘다

가을 텃밭에서 놀던 고추 튀김
알싸하니 톡톡 쏘는 인생 맛이다

도토리묵은 아기 볼처럼 부드러워
맛보는 맛
봄과 가을을 느끼는 시간이었다

들에 핀 꽃 한 송이

텃밭에 꽃씨 하나 심어 놓고
무엇이 그리도 바빴는지
소리 없이 긴 여행을 떠나버렸다

한 송이 꽃을 피우기 위해
얼마나 많은 시간을 기다려야 하는지
들에 핀 꽃의 자태를 바라본다

자생초처럼 우뚝 서 있는
꽃 한 송이
애처롭고 안타까워
새벽녘 이슬 머금고 피어있다

산사의 풍경

백담사
멀고 먼 고행 길
좋은 날 한 번은 꼭 가고 싶었다

하늘과 맞닿아 있는 봉정암
설레는 가슴 부여잡고
오르고 또 오른다

깔딱 고개를 넘던
그 벅차오르던 순간
산사의 풍경에 숙연해진다

자연이 보내준 웅장한 선물
드높은 곳에 펼쳐진 아름다움이어라

쌉쌀한 맛

엄동설한 견디며
이른 봄날 양지바른 풀밭에
붉은 잎을 띄우고 싹이 돋아났다

씀바귀 뿌리
봄을 유혹하는 맛
쌉쌀한 삶의 맛이다

잊을 수 없는
그날의 추억
알싸한 그 맛이 그립다

되돌아본 시간

오색으로 물들인 치맛자락
새색시 장미꽃 같구나

생동하는 청춘 지나쳤던 세월
그리운 미소만 가득하다

세월이 더디 간다며
투덜거렸던 때가 엊그제 같건만
혈기 왕성함도 사라진지 오래
이 소중한 시간
나를 더 많이 사랑해야겠다

행복한 텃밭

화창한 날씨 창문을 여니
쌀쌀해진 내 마음
시 한 줄로 따뜻해집니다

행복은
저절로 오는 게 아니라
가꾸어 가는 텃밭입니다

바람에 흔들리고 비에 젖음은
기름진 땅을 만들기 위한 쉼 없는 과정입니다

아름다운 꽃 필 때까지
고난과 역경을 딛고 나면
사랑의 무지개가 펼쳐집니다

내 인생길 추억 하나

한국가을문학은
설레는 가슴 달래주며 품어준
친정집입니다

그렇게도 춥던 겨울
신인문학상이 축복해 주었고
문우들의 품속은 따듯했습니다
새로 탄생한 첫 시인의 각기 다른 소감을 듣고
감동이 물결치며 나도 눈물이 났습니다
시인이 되었다는 그 순간의 떨림은
내 인생의 아름다운 환희입니다
가을 들국화보다 더 향기롭고
화사하고 고귀한 시간입니다
가슴이 벅차올랐습니다

행복한 시간 넝쿨째 굴러온 내 인생길
소중한 추억 하나입니다

세월아, 세월아

세월 따라 새로운 친구가
반갑게 내 품에 폭 안긴다

등 돌리고 모른 척 쿡쿡 찔렀던
상큼한 그녀가 다시 찾아왔다

어느 날 그녀가 보이지 않는다
괜스레 눈물이 난다
영원할 줄 알았던 친구가 떠났다

세월아, 세월아
나는 어쩌라고

수박

여름날 붉은 태양 빛에
파란 줄무늬 원피스가 선명하다

둥근 달처럼 한 몸 가득
날 그리워 흘린 땀방울이
가슴에 빨갛게 물든 속살로
까만 점박이 내 가슴을 닮았나 보다

유리그릇 안에 주홍빛 입맞춤은
달콤한 첫사랑처럼
모두가 정겹게 들러 앉아
한여름 밤 웃음꽃 피워본다

희망의 꽃

희망의 꽃 한아름 안고
길을 나섭니다
봄바람 따라 짙어진 연녹색

나는 동화 속 주인공처럼
한 송이 장미꽃이 되어
곱게 물들어 가고 있다

아우성

살랑거리는 봄바람 분다
시동반 인연은 신선하다
처음은 상큼하고 새롭다

담담한 눈빛 순수한 미소
덩달아 설렘으로 가득 차
봉숭아 꽃잎처럼 물들인다

너를 들판 익어가는 열매처럼
우리 보석처럼 여물어 가자고
두 손 꼭 잡는다

마음밭에 그린 수채화

박가을(문학평론가)

　우리가 살아가는 세상은 그 누굴 의지하거나 탓하기
보다 나 스스로 결정하고 체념하기를 반복하는 삶이기
도 하다. 그러기에 늘 그 자리에 머무는 것처럼 느껴지
지만, 실은 한 단계씩 발전하고 내면에 지식을 쌓아 가
는 연습을 계속하고 있다.

　시 창작을 공부하면서 얻어지는 영감은 그 무엇과도
바꿀 수 없는 보석 같은 일이다. 그러기에 내 안에 묵혀
두었던 상상력과 시심은 이미지를 표현하는 창구이기
도 하다. 이는 사물이나 현상을 보고 느낀 점을 사실적
묘사로 표현하는 방식인데 자신만이 느끼는 감흥을 말
그대로 시적인 표현으로 발전시키는 것이다.

이미지의 표현은 신체적 지각과 기억 그리고 상상에 의해 표출하는 것이기에 시가 가진 특성의 산물이다. 시 창작은 고도의 언어예술이다. 한편 시어에 사용되는 낱말은 일반적으로 사용하는 우리들의 일상 언어이기도 하다. 다만 시어에 동원되는 별개의 낱말을 자신이 가지고 있는 독특한 시의 말을 덧붙여 이미지화를 통해 현상을 묘사하는 것이다. 해서 시의 언어는 이미지, 리듬, 상상력 등의 언어로 기존의 언어를 뛰어 넘는 관념을 말한다. 시 창작은 사물의 실체를 세밀하게 관찰하여 신체적인 지각을 통해 사실적으로 마음속에 재생하는 것이다.

이미지즘의 표현은 한국에서 1934년 김기림 시인 등이 이미지즘의 이론을 소개하면서 그러한 시를 쓰기 시작했다. 또한, 상징주의 운동은 18세기말 프랑스를 중심으로 시를 쓰기 시작했다. 우리가 시를 창작하는 의미의 전달은 이미지화와 상징적인 표현 기법을 통해 시심을 자극하게 되며 사물이나 현상을 유추해서 표현한다. 그래서 시적인 묘사는 상상력의 재현인 것이며 특유한 감각의 산물이며 흥미롭게 닫힌 문이 열리는 한 장면이기도 하다.

시를 창작하는 일은 작가의 진실한 감정과 경험 그리고 생각의 표현인 것이며 인간관계를 형성해가는 보편적인 언어의 수단이다. 이는 작가 자신의 고백인 동시에 자연을 노래하고 삶을 노래하는 것이며 세상과 소통하는 창구이기도 하다.

신영식의 시는 언어 자체가 수채화 한 폭을 보는 느낌을 갖게 한다. 삶을 지탱하면서 보고 느끼고 생각한 진실을 가슴속에 묻어두지 않고 친근한 어조로 다른 한편의 언어적인 속성을 감각적으로 표현하고 있다.

산모퉁이 돌아 두 손을 꼭 잡고
걷는 길은 아름다운 꽃길입니다
뭇 세월 동안
늘 곁에서 버팀목이 되어준 그대여

젊은 청춘 앞만 보고 불태웠던 추억도
어느덧 울창했던 나무도 고목으로 변해가고
아직도 나뭇가지는 날 붙들고 놓아주지 않는다

지는 노을 속 빛바랜 세월
이제 아무 걱정도 없이
내 사랑하는 그대와 가벼운 마음으로
웃는 모습만 남기고 싶습니다
- 「둘이 가는 길」 전문

글을 쓰기 위해서는 사물이나 현상을 보고 느낌은 나만의 지각으로 표현한다. 상상력은 일반적인 이미지를 표면화 시키는 일이다. 이는 사물이나 현상이 소재에 대한 독창성으로 그동안 겪어왔던 경험과 눈에 보이는 현실성이 결합된다.

//산모퉁이 돌아 두 손을 꼭 잡고/걷는 길은 아름다운 꽃길입니다/뭇 세월 동안 /늘 곁에서 버팀목이 되어 준 그대여//

인생길을 걸어가는 일은 매일 습관처럼 느낄 수가 있다. 이처럼 우리의 삶은 평범하리만큼 느껴지지만 나를 지켜주는 '버팀목'이 존재한다는 그 자체만으로 든든한 삶의 여정을 이어갈 수 있으리라. 이는 직접적이든 간접적이든 마음과 마음을 이어주는 징검다리를 놓아주는 정성 바로 결합의 완성이라 하겠다.

'두 손을 꼭 잡고' 이 얼마나 정겨운 표현이던가. /이제 아무 걱정도 없이//내 사랑하는 그대와 가벼운 마음으로//웃는 모습만 남기고 싶습니다/ 작가는 내면에 간직하고 있는 고마움을 글로 직설하고 있다.

연분홍 꽃잎 떨어져
열매를 맺고 섬세한 몸짓으로
세상을 노래하듯이

〈

꽃다운 가을 향기

숨결 속에 잠든 청춘이여

달빛에 매달릴 그 시심을

내 가슴 안에 고이 간직하렵니다

- 「신동엽 시비 앞에서」 부문

시인은 창작의 의미를 그 목적에 의해 표현 방법이 좌우된다. 이는 시인의 감정과 심리적인 생동감에서 독자와 공감하는 일이기 때문이다. 문맥의 구조와

상징적인 방법을 나타내기 위해서는 시각적인 감각이 살아 있어야 한다.

//꽃다운 가을 향기/숨결 속에 잠든 청춘이여// 이는 일반적인 이미지를 표현하는 상징적인 표현이 이채롭다. 시인은 평소에 글의 소재에 대한 애착심이 남다름을 느끼기에 충분하다. 사물에 대한 예리한 관찰력을 자신만이 가지고 있는 느낌을 과감하게 표현하기 때문이다.

//화창한 날씨 창문을 여니/쌀쌀해진 내 마음/시 한 줄로 따뜻해집니다 (행복한 텃밭. 부문) 이처럼 상상의 결과는 이미지로 이어지는 표현이다. 시인이 되고 나서 작가는 혼잣말처럼 화창한 날씨에 창문으로 스며드는

따뜻한 햇볕 그리고 시원한 공기조차 시적인 언어로 표현하고 있다.

/달빛에 매달린 그 시심을/ 부여 백마강 초입에 세워져 있는 신동엽 선생의 시비를 여행하고 그 느낌을 발랄하게 표현하고 있다. 글의 표현은 막연한 상상력보다는 사실적인 면을 심상 즉, 마음에 집중력을 더해 그 의미를 발견하고 나만의 독특한 언어로 문자로 표현하는 것이다.

겨울을 몰고 온 첫눈
소리 없이 찾아오던 날
엄마의 손맛이 담긴 동치미가 먹고 싶다

별이 된 아들 그리워
놋주걱 반달 되도록 아파했던
어머니의 먹먹한 가슴을
부뚜막에 앉아 눈물 흘리셨다

석탄 백탄 노랫가락은 가슴에 연기만 가득
어머니의 한숨, 땅이 꺼지도록 부르던 노래
얼마나 아팠을까
아, 가슴이 절여옵니다

- 「밥상이 그립다」 전문

시인으로 시집 한권을 출간하는 일은 그리 쉽지 않다. 그만큼 각고의 습작을 통해 나를 발견하고 완벽에 가까운 시적인 언어를 말들어야하기 때문이다. 내면을 밖으로 배출하는 작업은 그동안 많은 학습이 필요했으리라. 창작은 타고난 재능도 있을 수가 있지만 이는 보조에 불과하다.

꾸준한 습작을 통해 지식을 쌓아 가는 일이며 경험을 통해 얻어진 나만의 철학은 스스로 체득한 표현기법으로 나를 나타내는 일이고 나를 표현하는 일이다.

//겨울을 몰고 온 첫눈/소리 없이 찾아오던 날/엄마의 손맛이 담긴 동치미가 먹고 싶다//

단순한 언어의 전달을 넘어선 가슴 여미는 표현이다. 시인도 이미 어머니가 되었지만 어머니의 손맛을 그리워하는 까닭은 사랑의 근본이기 때문이다. 추운 겨울날 시큼하고 아삭한 맛의 동치미 이 한 문장으로 어머니의 손맛을 가름하기에 충분한 것 같다.

//별이 된 아들 그리워/놋주걱 반달 되도록 아파했던/어머니의 먹먹한 가슴은/부뚜막에 앉아 눈물 흘리셨다//

문장의 완성은 뜻의 전달이다. 나를 표현하고 싶은

욕망 그리고 내가 살아오면서 경험했거나 보아왔던 일들 이를 통해 시적인 주제가 되고 소재가 된다. '놋주걱이 반달이 되도록 아파했던' 그 아픔이 얼마나 컸으랴. 이 시 한 편으로 어머니는 그 먹먹했던 한을 내려 놓으셨으리라 생각이 된다.

시인은 이러한 일들을 몰입하여 긴장의 연속성으로 실체적인 이미지를 다양한 형태로 문자화하고 있다. 시인은 인생길에 잊지 못할 일을 경험하게 되고 구멍 난 슬픔을 '어머니의 한숨, 땅이 꺼지도록 부르던 노래'의 표현으로 모든 이의 가슴을 저리게 한다.

시인의 기억 속에도 그러한 일을 통해 형상화된 그리움이 기초가 된 것이다. 글의 창작은 삶의 유기체와 같기에 상처를 치유하고 긍정적인 이미지로 승화되어 감정 그대로 정화 시키는 것이다.

//인생길 내 뜻대로 살 수는 없지만/걸어온 지난 수많은 흔적/한 장 남은 달력도 /가벼운 듯 파르르 떨고 있다/ -「인생길」부문

내가 걸어온 인생길 희로애락은 결코 순탄치 않은 또 하나의 경험이며 추억 속으로 아스라이 사라져 갔다. 그렇다. 내 뜻대로 살아갈 수 없는 삶이 아니던가. 그럼에도 묵묵하게 그 길을 걷고 있는 우리는 작은 꿈

하나 입에 물고 그 길을 만날 때까지 걷고 또 걷는다.

    인생 열차 연착도 없이 굽이굽이 돌다 보니
    새털 같은 지난 세월 바람에 실려 보내고
    또 하나의 나를 찾아 길을 나섭니다

    보석 같은 남은 시간 잘 다듬어 보리라
    다짐하며 나섰던 길

    하이얀 천위에 한 폭 수채화처럼
    내 몸에 꼭 맞는 옷을 골라서
    나뭇가지마다 아름다운 詩꽃을 피우고 싶다
            - 「나무에 꽃을 피우고 싶다」 전문

신영식 시인은 다양한 소재를 바탕으로 자신만의 독특한 언어로 소통하고 있다. 떠나 가버린 세월을 어찌 붙잡을 수 있을까. 그러나 모두는 세월이 멈춘 듯 그렇게 살아가고 있음이다. 창의력의 발휘는 이러한 기쁨과 고통을 견뎌내며 창작에 몰두할 때 좋은 작품이 탄생된다. 시적인 전문용어가 약 50만개 정도라 한다. 그만큼 내가 표현하는 시적인 어휘력은 또 다른 시적인 단어가 되는 것이며 그 전문 어휘를 확장하는 일 또한 시인인 내 몫인 것이다.

　//인생 열차 연착도 없이 굽이굽이 돌다 보니/새털
같은 지난 세월 바람에 실려 보내고/또 하나의 나를
찾아 길을 나섭니다/

　쉼 없이 달려온 인생길 그 많은 기차역을 들려 왔건
만 아직도 가야한 역도 많음을 느끼게 한다. 시에는 창
작의 틀이 존재한다. 이는 세부적인 행과 연의 구분 그
리고 구조의 흐름이다.

　//내 몸에 꼭 맞는 옷을 골라서/나뭇가지마다 아름
다운 詩꽃을 피우고 싶다//

　시인 스스로 나무에 꽃을 피우고 있다. 그 누가 뭐라
해도 이미 시 꽃을 피웠고 오늘 그 하나의 결정체인 시
집을 상제하고 있기 때문이다.

　//새로 탄생한 첫 시인의 각기 다른 소감을 듣고/감
동이 물결치며 나도 눈물이 났습니다/시인이 되었다는
그 순간의 떨림은/내 인생 아름다운 환희입니다.
　- 「내 인생길의 추억 하나」 부문

　인생길에 새로운 이정표를 만들었다. 삶의 연속성은

그만큼 각고의 노력의 결과물이다. 감동의 물결 떨림, 이는 당연한 일이며 그만큼 틀에 박혀 삶을 누린 것이 아니라 새로운 모티브를 만들어 왔음을 보여준 것이다.

시인의 시심은 힘이 있다. 자연스러움도 있지만 글의 내용 면면을 살펴보면 주제와 관련한 소재의 구성이 완벽해 보인다.

무겁던 열두 장 달력이
툭툭 떨어져
추억은 눈물방울로 아쉬움만 가득하다

새해 첫날 손 내밀며 서성이는
용맹스럽고 힘찬 울림은
줄무늬만큼이나 깊은 밭고랑의 흔적이다

이 풍진 세상 다시 새로운 꿈을 가꾸며
사실적인 표현과 묘사로
올 한해도 시어 한 편 건져 올려야겠다
- 「열두 장의 달력」 전문

신영식 시인은 삶에 대한 철학이 있다. 시집 한권에 수록된 시어마다 굳게 닫혔던 문을 힘차게 밀고 열었기 때문이다. 글을 처음 접했을 때의 떨림과 막막함 그러나 작가는 스스럼없이 숙명처럼 그 길을 마다 않고 여기까지 걸어왔다. 장엄한 순간이다.

작품을 창작하면서 두려움도 있었을 것이고 부끄러워서 차마 밖에 내 보이기 힘들었을 것이다. 작품을 세상에 선보이는 일은 작가의 총제적인 인생을 노래하는 일이기 때문이다.

'열두 장 달력이 뚝뚝 떨어져' 회환의 한 장면 같지만 우리는 그러한 순간을 맞이하게 된다. 그렇게 할 걸~ 하는 아쉬움을 뒤로 한 채 새해를 맞이하고 있다. 시인은 글을 통해 풀고자 하는 대상 즉 소재를 참신하게 선택하고 있다. 초심으로 돌아가기 위한 몸부림은 작가정신을 그대로 보여준다고 색각이 된다.

'줄무늬만큼 이나 깊은 밭고랑의 흔적' 세월이 만들어 준 훈장이 아니겠는가.

시인은 과연 어떠한 훈장을 달았을까? 물론 시인이 되었으니 세상에서 작가의 인생길에서 가장 값진 훈장을 받았을 것이다.

//노인병 치매/그 누구도 비껴갈 수 없는 세월/저 노인들에게 벗이 되어 있다
- 「노치원에서」 부문

신영식 시인은 다양한 사회활동을 하고 있다. 시인으로 동화구연가로 더불어 실버합창단원으로 활동하면서 노치원에서 노인들을 위해 공연을 다녀와서 한편의 시를 내놓았다. 이처럼 글의 형태는 마법과 같아서 강하거나 약한 치료약이 되기도 한다.

//등 돌리고 모른 척 쿡쿡 찔렀던/상큼한 그녀가 다시 찾아왔다//어느 날 그녀가 보이지 않는다/괜스레 눈물이 난다/영원할 줄 알았던 친구가 떠났다//세월아, 세월아/나는 어쩌라고
    -「세월아, 세월아」부문

삶은 우리를 지배하는 지배자이다.
내 마음대로 모든 일을 할 것 같지만 세상은 그리 녹녹치 않다. 내 곁에 천사처럼 찾아왔던 친구와의 이별이는 어느 순간에도 반복되는 인생길의 일상이 아니던가. 만남과 인연 그리고 이별은 아침 이슬처럼 사라져 가는 것이 우리들의 인생길이기에 차마 입으로 다 말할 수 없었던 시인은 시적인 소재로 표현하고 있다.

오색으로 갈아입은 저 높고 낮은 산자락
싸늘한 바람 옷깃 여미며 흘러가고
저 구름을 내 가슴에 품고 살았네

〈

풋풋했던 시절 곱씹으며 걷는 길

휘날리는 낙엽 위에 깊이 새겨진 노래

아스라이 사라지는 울림이어라

황혼에 물들어 홀로 서성이며

나뭇가지에 매달린 가을향기

그날처럼 가을을 물씬 품고 걸어간다

                    -「낙엽을 밟으며」 전문

　인생길은 여행의 한 길목이다.

　나무의 나이테처럼 하나씩 가슴 안에 품고 만들어가
는 작업을 계속한다. 표피를 이루는 껍질은 눈보라 비
바람에 고통을 감내하고 세상에 당당한 한그루의 거목
으로 변해간다. 그렇듯이 시인이 된다는 일 또한 고된
작업과 힘든 과정을 통해 나만의 구름을 만들고 가끔
햇볕을 쪼이면서 별을 노래하고 달을 가슴에 품는 작
업의 연속이다. 그래서 시인의 시 한 편은 자화상과 같
다.

　어느 날 울창한 숲에 노송을 발견하고 그 모습을 마
치 내 모습처럼 그냥 바라보는 것으로 위안을 삼게 된
다. 그러나 내 삶의 한 자락 응어리가 풀어지고 세상에

맑은 거울처럼 내 시가 세상에 얼굴을 내미는 순간 그 찬란함은 그 무엇과도 비교할 수가 없음이다. 그만큼 고귀한 결정체인 것이다.

삶은 따론 가던 길을 되돌아 올 수 없을 만큼 처절한 전쟁터에서 살아남아야 하는 운명적인 시간이 아니던가. 그래서 신선한 글을 쓴다는 것은 그러한 싸움을 글의 소재로 아름답게 승화시키는 일이기도 하다.

//생동하는 청춘/지나쳤던 세월/그리운 미소만 가득하다//세월이 더디 간다며/투덜거렸던 때가 엊그제 같건만/혈기 왕성함도 사라진지 오래/이 소중한 시간/나를 더 많이 사랑해야겠

 -「되돌아본 시간」 부문

그 시절이 그리운 까닭은 아직도 내 마음은 청춘임을 시 한 대목에서 말해주고 있다. 그러나 혈기 왕성함도 이제는 모두 사라질 지금 작가의 고백처럼 나를 사랑하는 만큼 값진 일은 없을 것이다. 때론 지난 기억을 떠올리며 흐뭇한 웃음을 짓는 일은 그리 사사로운 생각이 아니다. 시인이기에 그러한 경험을 토대로 하나의 걸 작품이 탄생하기에 그러하다.

선과 악이 존재하는 순간마다 잠재되어 있는 낱말 하나를 가슴 안에서 툭하고 꺼내는 연습은 민감한 감각과 예리한 판단에 따라 얻어지는 창작 그 자체이기

도 하다.

　신영식 시인이 만들어 낸 작품세계는 또 다른 누구
에게 꿈과 희망이 담겨 있다. 인생을 노래하고 자연을
노래한 작품은 참신하고 진솔한 답 그 자체이기 때문
이다. 독창성 있는 작품은 풍부한 경험을 토대로 강인
하면서 때론 어머니 품속 같은 포근함 그리고 사물이
나 현상을 바라보는 느낌을 솔직하게 직설적으로 표현
하고 있다.

　신영식 시인의 작품세계는 담백하다.
　글의 내용이 때론 밋밋하거나 때론 광범위한 시세계
를 그려놓았다. 그리고 문장력과 특유의 감각이 생동
감 넘치게 표현되어 남다른 시적 감각을 느끼기에 충분
하다.

50주년

꽃향기 날리며 달렸던 여행길
가슴 설레고 황홀했던 시간이다
돈 아끼려 하룻밤만 지내고 돌아왔던
그 지난 세월 돌이켜 보면서
서로의 얼굴을 바라보며 미소 짓는다

결혼 50주년
고급스런 호텔에서 들린 한마디
긴 세월 고생 많으셨다고-
그만, 내 마음이 울컥해졌다

인생이란 곱게 가꿔놓은 정원이다
솔바람 구름 타고 조금씩 사라지는데
우리 사랑만은 황홀한 세월 따라
예쁜 노을처럼 물들어가고 있네요